Auf Halbem Weg Ins Nirgendwo
Felix Froning
2020

PRISMA (2019)

Auf Halbem Weg ins Nirgendwo (2020)

Felix Froning

Auf Halbem Weg Ins Nirgendwo

Cover by Christopher Ryll
Photography by Mathew MacQuarrie

Bibliografische Information der Deutschen Nationalbibliothek: Die Deutsche Nationalbibliothek verzeichnet diese Publikation in der Deutschen Nationalbibliografie; detaillierte bibliografische Daten sind im Internet über <u>dnb.dnb.de</u> abrufbar.

Herstellung und Verlag: BoD – Books on Demand, Norderstedt

ISBN 9783751953788

Eine Geschichte vom Loslassen.

Eins

Der Tag an dem ich mich auf die Suche nach dem Nirgendwo machte, war auf einen Donnerstag gefallen. Lange vorher geplant hatte ich den Wochentag und die damit einhergehenden sieben Auswahlmöglichkeiten wohl am wenigsten bedacht. Dabei war mir der Donnerstag immer schon mit der unliebste Tag gewesen. Er war wie diese unscheinbar zerreißende Stille vor einem tosenden Gewitter; hinauszögernd, ermüdend, vollkommen überflüssig.

Mittwoch hätte ich verstanden, immerhin würde der Tag dann vom Namen her Sinn ergeben. Die Mitte der Woche war mir ohnehin immer schon als toller Anker-und Startpunkt für ein Abenteuer vorgekommen. Oder das Wochenende, da hatte man meist sowieso den Terminkalender frei für Wanderschaften, lange Rasten oder Bettgeschichten. Was war da schon eine Suche nach dem Ort ohne Gesellschaft mehr oder weniger.

Neben dem Donnerstag, den ich zwar persönlich wenig gut fand, wäre nur der Montag noch unpassender für mein Unterfangen gewesen. Denn montags sind alle genervt, ich eingeschlossen, vom Wiedereintreten in den immer gleichen Trott der grauen Welt. Genervt von den Stimmen, den Gerüchen, den Hautirritationen verursacht durch die immer gleichen Menschen um uns herum. Der immer gleiche Tag, und täglich grüßt das Murmeltier, immer bis zum Tod. Nein, so wie ich darüber nachdachte war ich beinahe froh über den Donnerstag. Es hätte schließlich auch der Montag sein können.

Meinen Chef hatte es wenig gestört, vielmehr war mir als habe er sein leichtes lockeres Lachen kaum in Zaum zu halten vermocht. Auch meine Mitarbeiter hatten amüsiert geschmunzelt. Sandro, noch am ungehemmtesten, hatte sogar sehr laut losgeschrien vor Begeisterung. Doch auch Thore und Rita und Uta und Dorle hatten sich schwer darin getan, ihre Emotionen tiefer als ein paar halbherzige Zentimeter zu vergraben. Einzig Chris schien es egal gewesen zu sein, dass ich mir wohl nie wieder neben ihm einen schwarzen Kaffee brühen würde.

Ein wenig schade war es um Jana-Marie gewesen, die war nur wenige Tage vor mir gegangen. So war mein trockenes Ende kaum Genugtuung genug für meine vollverplante Seele, die da auf einige geschockte Gesichter gehofft hatte.

Meistens war ich nicht ganz ich selbst gewesen am Schreibtisch, wenn auch kaum wer anders. Dafür hatten all die Zahlen und Worte und Worte und Zahlen gesorgt, die mir den Tag ewig und drei Tage langezogen hatten.

Auch mein Bild, mein Selbst im Spiegel war ungleich zu dem in meiner kleinen Zweizimmerwohnung in der äußeren Innenstadt. Da waren keine grünen Augen oder braunen Haare oder getupfte Hemden. Da war nur jemand, irgendjemand. Fast verblasst im Staub des Spiegels, ohne irgendwelche Ideen wer es denn nun wagte ihn mit diesem leicht dümmlichen Ausdruck aus der unendlichen Reflexion anzustarren.

Meine Stimme war auch immer anders gewesen, höher oder tiefer oder schlechter oder besser. Anders als zu Hause, unter der Dusche am Singen, beim Sprechen mit nackter Haut im Bett, oder mit ihr oder ihm gemeinsam in Ekstase kreischend. Am Schreibtisch, den Hörer in der Hand war alles ohne

Feuer, erloschen und bereit erneut entfacht zu werden.

Ich wollte gar kein Feuer. Zumindest nicht mehr, wie ein Teelicht was kein Wachs mehr hatte. Ausgebrannt, von Stunde zu Stunde hangelnd. Nein, nein, der Schreibtisch war fast kein Problem, am Ende eher betäubend, dem entgegenwirkend was tatsächlich meine Welt bestimmte. Nicht ganz, aber fast ganz. Nur eben nicht wie ich.

Ich atmete mehr tief als laut, das Gebäude auf den letzten Stufen erleichtert verlassend. Die Luft schmeckte anders, nicht gut, fast unausstehlich, aber anders. Und anders war mir genug, und gut. Die Zigarette rausgeholt entzündete sie sich fast von selbst, mein Feuer musste brennen wie verrückt. Heiß, so heiß, ein letztes Mal bevor das Wachs verronnen war? Endlich.

Ich lächelte der Sonne entgegen, die meine wieder grünen Augen zum glänzen brachte. Schritt eins war getan. Nicht der Schwerste, aber auch nicht der leichteste. Egal. Voller Vorfreude füllten sich meine Atemzüge mehr und mehr mit Drang. Tatkraft. Allem was es zu eratmen gab.

Mein Rucksack war nicht schwer und ruhte ruhig auf meinem Rücken. Bereit dazu ein Rucksack zu sein. Ich nicht mehr. Ich war kein Rucksack, niemals wieder. Ich war mehr.

Mehr Grün, mehr Haar, mehr Stimme, mehr Lust, mehr Mensch.

Mehr auf dem Weg. Dem langen Weg.

Dem Weg ins Nirgendwo.

Zwei

Weit kam ich nicht in Richtung Nirgendwo. Sogar dem Irgendwo hatte ich mich kaum angenähert als meine Beine sich dazu entschieden zu zittern. Zu wankend, so wild wie Beine eben wanken konnten ohne mich gänzlich in den Dreck zu werfen.

Ganz ungewiss was ich hier über mich ergehen ließ, was meine Beine nicht mehr gehen ließ, setzte ich mich. Auf eine Bank. Die war recht schmutzig, aber das war mir egal. Da wo ich hinwollte schien mir Schmutz ohnehin ein schlicht verwirrendes Konzept zu sein. Also wartete ich. Auf meine Beine, die ja anscheinend noch nicht ganz mitbekommen hatten was wir eigentlich zusammen vorhatten. Oder gerade deshalb den Geist aufgegeben hatten.

„Musst du grad hier sitzen Mann?", fragte mich ein junger Typ, viel jünger als Ich.

„Ich denke schon."

„Alles klar Mann."

Ich fuhr also damit fort zu sitzen und in Gedanken Kilometer um Kilometer zurückzulegen. Gerade als ich einen Fluss überquerte, musste ich allerdings erneut die Augen öffnen und dem jungen, viel jüngeren Typ neben mir die Worte von den Lippen lesen.

„Wie lange musst du wohl noch hier sitzen?"

„Keine Ahnung."

„Grobe Einschätzung?"

„Zwanzig Minuten vielleicht…ehrlich gesagt habe ich mir auf einer öffentlichen Parkbank noch nie Gedanken gemacht, wie lange ich da oder dort sitzen bleiben möchte." Ich begann den Ort ohne Gesellschaft plötzlich sehr viel stärker zu verlangen als ohnehin schon.

„Hm", machte der junge, viel jüngere Typ nur und drehte sich wieder von mir ab. Er hatte schöne Haare. Ganz lang, und glänzend. Nicht viele hatten so schöne Haare, und diejenigen welche mal welche gehabt hatten, waren schon haarausfallgeplagte Kreaturen ohne eben solche schönen Haare.

Ich musste es wissen.

Lange schwieg ich. Und er ebenso. Lange, länger als Zwanzig Minuten. Viel länger.

Diese verdammten Haare.

„Ich hatte ja auch mal solche Haare wie du", gab ich also nach. Dass ich mit ihm sprach schien dem Langhaarigen kaum aufzufallen. Gar nicht, so gesehen.

„Hm?" machte er wieder, nachdem ihn die laute Stille gepaart mit meinem lauten Blick aus seiner Trance gerissen hatte.

„Ja…also…ich…", ich gab auf. So spannend war er dann doch nicht. Ich ebenso wenig, fürchtete ich.

„Ich bin nicht ganz bei mir Mann, sorry. Hab grad viel um die Ohren." Er seufzte laut und lehnte sich, dass stoppelige Kinn mit den überraschend weichen Händen stützend, nach vorne.

„Hm", machte ich dumpf, und ohne nachzudenken setzte ich ein „Schade" hinterher. Was genau daran ein Schade gerechtfertigt hatte war mir in so kurzer Zeit wohl nicht bewusst geworden.

Wir gingen wieder über ins Sitzen, Vegetieren, Nebeneinanderheratmen. Ein, aus, ein, aus, ein aus. So klang es bei mir. Ein, aus, ein, hust, aus, ein, aus, hust, hust, ein, hust, aus, aus, aus. Ich verdächtigte die Packung Zigaretten die so glorreich symmetrisch neben seinen kurzen Khakihosen parallel zu den grünen Bankbrettern lag, ihm dieses interessante Atemkonzept beigebracht zu haben.

„Raucher?", fragte ich und riss ihn dabei scheinbar erneut aus den Tiefen seines Selbst.

„Ja. Willst du eine?", bot er mir unverblümt lächelnd an und griff zu der bankparallelen Packung. Ich war kein Raucher, nie gewesen, außer heute wo ich mir kurz vor meinem letzten Arbeitstag die erste eigene Packung gekauft hatte.

„Ja, gerne", log ich daher ebenso unverblümt, lächelnd den Stummel entgegennehmend, meine eigene Packung schwer in meiner Brusttasche fühlend. Ich glaubte ihm einen Gefallen zu tun, schließlich schien ich eine Zigarette mehr durchaus noch verkraften zu können. Der Langhaarige vielleicht auch, aber eben nur vielleicht, nicht sicher, mehr unsicher. Fast nicht.

„Ich bin Rocco."

„Hm", machte ich.

Wir rauchten beide. Husten musste nur er, ich nicht. Ich war noch zu frisch. Trocken war mein Hals aber

14

auch, brannte förmlich. Das Feuer in mir? Ich hoffte nicht, wollte es nicht. Wie gesagt, eine Kerze ohne Wachs.

„Kommst du von hier?" fragte ich ihn nach der Hälfte meiner Zigarette. Sie war ekelhaft, unerträglich, teergetränkt. Meine waren so viel besser gewesen, aber das musste er ja nicht wissen. Ich tat ihm schließlich einen Gefallen.

„Woher soll man schon kommen...?" Der langhaarige, junge Typ, der so viel jünger als ich war, gab sich wage und undurchsichtig. Sein Grinsen verriet ihn jedoch, also setzte ich kritisch nach: „Irgendwo, du auch. Bist bestimmt nicht hier geboren."

„In der Stadt?"

„Auf der Bank."

Er grinste wieder, diesmal etwas lockerer. Ich hatte es eigentlich auf kein Gespräch abgesehen, weggesehen davon. Aber irgendwo war nirgendwo, und irgendwie auch nicht.

„Bin aus dem Krankenhaus, zwei Straßen weiter", verriet er, „Ist ganz schön da."

„Bist du oft zu Hause?"

„Ne, mehr hier als da."

„Hm."

Er hatte aufgeraucht und war dabei, die nächste Zigarette an seine weich aussehenden Lippen inmitten des kratzigen Dreitagebartes zu führen. Er hustete.

„Ich bin aus der Nachbarstadt, wir haben da aber auch nur ein Krankenhaus", zog ich mit ihm gleich, in einem Zuge ebenfalls den letzten Rest des glimmenden Stängels aufgesogen. Ich hustete.

„Bist du oft zu Hause?" wollte er wissen ohne mich anzusehen.

„Ne. Mehr woanders."

„Meine Freundin kommt auch von woanders", teilte er mit plötzlich großen Augen, die auf mich gerichtet waren, mit. Er schien aufgeregt. Ein Husten folgte.

„Ach was", tat ich interessiert. Desinteressiert langte ich in meine Jackentasche und zog meine eigene Schachtel hervor. Ich zündete an, zog, und hustete. Er schien es nicht einmal bemerkt zu haben.

„Ich hab' sie auf einer Demo kennengelernt, vor einem Jahr. Genau, heute ist Jahrestag."

„Der Demo?"

„Ne, unserer."

„Hm."

„Sie wollte kommen, jetzt gleich. Deswegen sitze ich hier." Sein Ton war ein paar Oktaven in die traurige Tiefe gerutscht. Er schien aufgeregt, aber anders aufgeregt, als würde er sich aufregen wollen aber nicht wirklich aufregen können.

„Was habt ihr vor?"

„Schlussmachen, denke ich." Der Langhaarige zwang sich zu einem Lächeln. Ob ehrlich oder nicht wusste nur er, nicht ich.

„Wieso?", wollte ich wissen.

„Es ist so. Sie mag nicht mehr mit mir."

„Wieso?"

„Ich bin zu viel, zu oft, zu gleichzeitig."

Ich hustete.

Er auch. Wir hatten uns fast aufeinander abgestimmt.

„Sie mag die Demos nicht, die Tweets nicht, die Plakate nicht, die Reden nicht."

„Reden worüber?" Ich bekam Kopfschmerzen. Ich wollte weitergehen.

„Reden über Demos, und Tweets ober Plakate. Und Plakate über Demos, und Demos gegen Tweets."

Ich hustete nicht, sondern verschluckte mich. Mir war wichtig meinen Kopf die Unterscheidung machen zu lassen.

„Ich liebe sie, und sie liebt mich. Aber das alles nicht, also ist es nicht."

„Nicht was?"

„Nichts."

Ich schüttelte den Kopf und warf die angefangene Zigarette in den Dreck zu meinen Füßen. Das Nirgendwo rief, meine Beine waren bereit.

Der Langhaarige nicht. Er packte mich beim Arm und zwang mich zu sitzen.

„Willst du auch kommen, zum nächsten Mal?"

„Wohin?"

„Da wo ich bin, wo die Demo ist. Wir könnten Leute gebrauchen wie dich."

„Mich? Ich denke nicht."

Der Langhaarige schüttelte energisch den Kopf, die Hand noch immer an meinem Arm.

„Du verstehst nicht. Wir brauchen immer irgendwen, irgendwo."

Ich riss mich behutsam los und stand energisch auf.

„Ich bin nirgendwer, nirgendwo. Nie mehr wieder."

Ich hustete und ging.

Drei

Ich benötigte die Bahn. Drauf angewiesen, für den Plan unabdingbar. Und ich hatte mir geistreich zuvor nicht einmal ein Ticket gezogen.

Mich verfluchend trat ich an den metallenen Automaten heran und drückte auf Knöpfe und tatschte auf Screens. Mehrere Male, der inkompetente Anti-Experte der ich nun war. Nach einer Weile schien sich meine Hartnäckigkeit auszuzahlen und ich hielt mein frisch angedrucktes Ticket triumphierend in den Händen. Die Schlange aus pöbelnden und zerrenden und nervigen Menschen hinter mir ignorierte ich gekonnt auf dem Weg in Richtung Bahnsteig.

Wo ich dann erstmal stand. Recht lang. Sehr lang. Verdammt. Nicht, dass ich es eilig gehabt hätte. So wollte ich schneller denn je zu meinem Ziel gelangen, wollte hinter mir lassen ein Leben dieser ganzen unnötigen Belangen. Aber Druck, so richtig Stress, hatte ich nicht wenn ich es richtig bedachte.

Es wartete schließlich niemand auf mich am Ort ohne Gesellschaft.

Ein Zug, eine Bahn, ein Vehikel, welches nicht dann kommt wenn es kommen soll und nicht so entschuldigt wird, wie es entschuldigt werden soll, ist trotzdem konzeptbefreit und a priori miserabel.

Ich wollte gerade mein zuvor frisch etabliertes Hobby weiter ausarbeiten und fummelte schon nach den Zigaretten, da quietschte es durchdringend und kompromisslos aus der Ferne. Mein Weg war da.

Ich murmelte etwas, mehr zu mir selbst als zu irgendwem anders. Wem auch anders als mir? Jedenfalls stieg ich mehrfach murmelnd in das zuvor als miserabel etablierte Gefährt und suchte mir einen Sitzplatz.

Die Suche war lang, gar spektakulär. Voll voll hier, verdammt. Am anderen Ende des Wagons sah ich etwas in der Sonne glitzern, glorreich anmutende Fantastik. Freiheit. Auf einem Platz, immerhin. Ich verlangte ja gar nicht mehr.

Also hechtete ich recht abgehetzt wirkend durch den vollen Bahnwagon, nur um sowohl unzählige Menschen auf Ewig zu verärgern, als auch um festzustellen, dass der Platz während meiner langen Reise hierher anderweitig belagert wurde.

Ich entschied mich, dass der zwanzigminütige Weg raus aus der Stadt keine weitere Interaktion verlangte und stellte mich in den Türbereich.

Ich wusste nicht, wann genau ich aussteigen musste. Mein Plan hatte irgendetwas von Wald gesagt. Wald, weit weit weg vom wöchentlichen Weg. Ich mochte Wälder, hasste es aber darin zu laufen. Umherzuirren zwischen den schattigen Rinden der grün und standhaft stehenden Geister der Vergangenheit.

So hatte ich das irgendwann mal einem Freund beschrieben, nur nüchtern war ich nicht gewesen. Waren wir beide nie. Unausstehlich waren wir ohne die Drogen, die Dröhnung. Glaubte ich, war Er zumindest. Ich war ich, und dachte, dass ich nicht unbedingt so gut darin war, gewesen war, sein werde.

Ich erinnerte mich gerne an Ihn, den Freund. Nicht, weil wir besonders eng miteinander waren, oder uns gar gemocht hatten. Ich erinnerte mich gerne an Ihn, weil ich Sachen beschreiben würde wie das Umherirren zwischen den schattigen Rinden der grün und standhaft stehenden Geister der

Vergangenheit, ohne dafür auch nur den Hauch einer Reaktion zu erfahren. Das Nichts hatte für sich sprechen können-und es war mir laut genug gewesen.

Der Zug hielt an der nächsten planmäßig vorgesehenen Haltestelle. Quietschte wieder. Die gläsernen Türen glitten betont langsam auf und ließen einen weiteren Schwall schwitzende, es eilig habende Personen in den ohnehin unheilbar überfüllten Zug hinein. Es quetschte mich nicht ein-, nicht zwei-, nein dreimal jemand in die hinterste Ecke des Wagons und ich begann, mich wie ein Tennisball zu fühlen. Aufschlag, Return, Volley, Punkt. Immer und immer wieder.

Dann kam sie. Die Erste, die nicht quetschte. Die Erste, die nur ging und stand und war. Mein Typ war sie ja schon, anders als der Langhaarige im Park. Dabei wollte ich nicht, wiedersetzte mich, wandte mich. Im Nirgendwo gab es keine Frau und keinen Mann, keine Frau und keine Frau, keinen Mann und keinen Mann. Kein Sex, keine Lust, keine Gänsehaut. Das Nirgendwo war durchaus Nichts, aber eben auch nicht so.

Ich blickte weg. Hätte ich nur einen Zug früher genommen wäre mir dieses Dilemma wohl erspart geblieben. Andererseits, vielleicht war es auch...

„Entschuldigung…?", unterbrach die junge Frau meinen noch ebenfalls jungen Gedankengang. Hatte sie meinen Blick gesehen? Das kalte Starren der Lust in ihrer Brust gespürt? Sie war an mich herangetreten, ganz nah. Ich konnte sie sehen. Ganz nah. Fast berühren, so nah.

„Was gibt es denn?", murrte ich. *Lass dir nichts anmerken*, dachte ich. *Nicht, bitte nicht. Geh nicht, nie wieder*, dachte ich auch, aber nur kurz. Immer nur kurz. Und dann nie wieder.

„Ich wollte fragen, ob Sie ein Taschentuch für mich haben?" Ihre Stimme war so leise, so verdammt leise. Aber ich verstand jede Silbe, so laut waren die Worte. Sie klang nicht erkältet. Taschentuch?

„Ein Taschentuch? Sie klingen nicht erkältet."

„Ich blute, wissen Sie…? Möchte mein Gesicht nicht versauen, ist schließlich mein Beruf."

Erst jetzt merkte ich wie ihre Nase heftig blutete. Ich hatte erst nur die Augen gesehen, aber jetzt sah ich nur noch das dicke, dunkle Blut ihr kleines Kinn hinunter tropfen. Schade eigentlich. Ihre Augen waren so verdammt schön gewesen.

„Oh, tut mir leid." Ich hatte wirklich keine Taschentücher, doch selbst wenn hätte ich gerne von mir gedacht, ihr keines überreichen zu würden. Wer war sie schon auf meinem Weg als eine Erinnerung an Ihn? An Sie? Es gab immer einen Ihn oder eine Sie. Für mich jedenfalls. Und für Ihn.

„Macht nichts...geht schon gleich vorbei." Die Frau seufzte und blickte mir tief in meine Augen. Nein, durch meine Augen. „Ich bin Fatma."

Ihre Augen waren braun, langweilig eigentlich. Warum wirkten sie so wunderschön auf mich? Warum wirkten sie so vollkommen auf mich, so tief, so unnachgiebig? Sie waren doch nur braun.

„Warum blutest du?"

„War einer meiner Kunden, die mögen nicht immer was sie bekommen."

Frag sie nicht. Du steigst gleich aus. Für immer.

„Was machst du?"

Schwächling.

„Was auch immer von mir verlangt wird."

Ich wurde nicht ganz schlau daraus, wollte es vielleicht auch nicht werden. Sollte es nicht werden.

„Wohin fährst du?" fragte sie mich, ein Lächeln auf den Lippen.

„Weg..."

„Weg wovon?"

Wusste ich das? Ja, ich denke schon. Wollte ich dass ich es wusste? Nein, ich denke nicht. Zu wage wäre das Wort wohl gewesen. Der Grund. Oder war es schlimmer als das?

War es egal?

„Ich weiß noch nicht...irgendwas findet sich doch immer, oder?"

War mir egal was gewesen war, ist, gewesen sein wird?

„Und wie lange fährst du noch weg vor irgendwas?"

Waren ihre braunen, langweiligen, wunderschönen Augen auch egal?

Sie lächelte mich an. Ich lächelte zurück. Aber nicht wirklich. Nicht hier, nicht jetzt, nirgendwo.

„Nicht mehr lange..."

„Willst du vielleicht mit mir Taschentücher kaufen gehen? Jetzt gleich?" Ihr Lächeln wurde immer ehrlicher. Immer mehr.

Der Zug hielt. Quietschte durchdringend. Kompromisslos.

„Deine Augen sind übrigens echt schön, " fügte sie noch hinzu.

Ich ging ohne sie eines weiteren Blickes zu würdigen. Kompromisslos schlossen die Türen. Durchdringend quietschte der Zug, der losfuhr. Weiter. Weg.

Ich vermisste ihre Augen.

Und dann nie wieder.

Vier

Ich würde es auch so zum Wald schaffen. Nur eine Station zu früh war ich ausgestiegen. Die paar hundert Meter würden wohl noch drin sein. Ich war schließlich jung und fit, und bis vor einer Stunde noch kein Raucher gewesen.

Ich zog an meiner Zigarette. Viel war auch hier nicht, der Wald am Horizont noch mit das interessanteste. Das ein oder andere Haus, ein bisschen Asphalt. Kalt war es auch. Oder gerade deswegen.

Ich versuchte nicht an Fatma aus dem Zug zu denken. Ich versuchte nicht an Ihn zu denken. Ich schaffte es.

Eine kalte Brise begann meine Haut zu bespielen und ich zitterte am ganzen Körper, stark. Ich mochte die Kälte nicht. Wer mochte schon Kälte und war bei seinen Sinnen? Er hatte sie auch immer gehasst. Mist. Ich dachte wieder. Stop. Und ich dachte nicht.

Am Ende der Landstraße, die in den Wald mündete bemerkte ich ein Auto am Straßenrand stehend. Es war rot, leuchtend rot, aber auf eine Art und Weise die einem sagte, dass das Leuchten früher noch viel stärker gewesen war.

Daneben stand ein Mann. Mehr konnte ich auf die Entfernung nicht bestimmen, sogar die Statur war hinter der Distanz zwischen uns verborgen.

Langsam aber sicher kam ich näher, die Distanz zwischen uns durchschreitend, den Nebel des Nichtwissens zerstreuend.

Ich sah nun, dass der Mann recht groß und recht dick war, recht braunhaarig und recht bebrillt. Recht gleichalt wie ich. Ich kam näher und näher, Fuß für Fuß, Meter für Meter, Asphalt unter mir herfliegend. Ich rannte. Wieso rannte ich? Ich wollte nicht rennen, aber ich tat es ohnehin. Schneller und schneller. Weiter.

Immer weiter.

Ich blieb stehen. Einfach so. Ich konnte nicht mehr schneller. Nicht weiter. Durfte nicht. Das Nirgendwo lag vor mir. Kein rotes Auto, kein recht gleicher Mann. Ich musste vorbei, zielstrebig, ohne Ablenkung. Mein Plan war schon einmal geändert worden, ich konnte nicht zulassen, dass...

„Entschuldigung?" fragte eine rufende Stimme durch die windige Kälte. Es war der recht gleiche Mann, neben dem roten Auto. Ich war entdeckt, aufgedeckt, aufgeweckt aus einem Traum. Dem Traum vom Nirgendwo. Langsam setzte ich mich wieder in Bewegung und näherte mich ihm vorsichtig.

„Was gibt es denn?" wollte ich wissen, aber eigentlich auch nicht. Eigentlich, ganz eigentlich, wollte ich ihn im Boden versinken sehen, das rote Auto mit sich ziehend. Verschwindend, sodass ich verschwinden konnte.

„Bin liegen geblieben. Mein Auto ist nicht mehr das, was es mal war...miese Kiste ist jetzt unter der Haube am Qualmen und ich hab' kein Werkzeug dabei, und Empfang hat man hier auch keinen."

„Ich kenn mich nicht so aus, sorry", versuchte ich die Unterhaltung zu unterbinden.

„Hilft ja manchmal einfach wen zu haben, der mit drüber schaut. Vier Hände sind besser als zwei."

„Ich hab leider nur zwei Linke."

„Mit meinen zwei Rechten müsst's dann ja passen."
Der Mann schmunzelte. Doch er schmunzelte nicht
ehrlich. Hinter seinen Augen war Stress zu sehen,
und Wut und Angst und Ärger. „Ich bin übrigens
Valentin." Sein Fuß tappte ungeduldig auf den
Boden. Er hatte es eilig. So wie ich.

„Also gut, aber es muss schnell gehen."

„Das wäre auch in meinem Interesse."

Also machten wir uns an die Arbeit. Ich verstand
nicht viel von dem was mir gesagt wurde. Verstand
noch weniger von dem, was ich tatsächlich tat. Ich
besaß kein Auto, hatte ich nie. Musste auch selten
wo hin. Ganz selten nirgendwo hin.

Er hatte immer was zu tun gehabt. Er war immer
überall hingefahren, nie nirgendwo gewesen.
Beneidet hatte ich Ihn. Nicht ums Auto, nichts ums
Reisen, nicht ums Irgendwosein. Um die *Möglichkeit*
selbst nicht irgendwo zu sein.

„Schraub das da mal fester zu, dann müsste es
gehen."

Ich schraubte fester, und fester, und zu. Der Mann
setzte sich ins Auto und startete den Motor. Nach
kurzem gurgeln brüllte die Maschinerie und der
Auspuff kotzte dunklen Rauch in die unterkühlte

Luft. Er drehte den Schlüssel erneut, der Rauch verflog. Die Kälte nicht.

„Danke Mann, und das alles ohne Werkzeug. Wenn ich das meinem Mann erzähle..."

„Woher weißt du so viel über Autos?", fragte ich. Erneut, das Fragen. Das Wissenwollen. *Reiß dich doch los. Einfach los.*

„Mein Mann und ich haben ein Autohaus, nicht weit von hier."

Ich sah keinen Ring an seiner Hand. *Stopp, das interessiert dich nicht. Lass ihn. Geh.*

„Was machst du überhaupt hier, so abgelegen?" Ich konnte nicht, konnte gehen.

„Vorstellungsgespräch."

Wir blieben stumm. Der Wind heulte.

„Und wo willst du hin? Ganz allein, hier im Nichts." Sein Lachen bröckelte. Der Stress hinter seinen Augen, der Ärger, brannte immer heller. Es wurde kälter.

Ich musste trotzdem lachen. „Nein, hier ist kein Nichts. Das wüsste ich. Das erwarte ich doch schließlich."

Valentin sah mich verdutzt an. „Was genau meinst du denn damit?"

Ich blieb stumm. Er verstand nicht, ja nicht einmal ich selbst tat das, die ganze Zeit. Aber ich wollte gehen, das war mir klar. Schon von Anfang an. Seit ich heute Morgen in den Spiegel geschaut hatte, dieses Gesicht gesehen hatte.

Das wahre Nichts.

Der Wald lag nicht weit vor mir. Ich hörte die Äste knacken, die Blätter rascheln. Ihn rufen.

Ich nahm meine angebrochene Schachtel Zigaretten aus meiner Tasche. „Rauchst du?" fragte ich. Er schüttelte den Kopf. Ganz langsam. Dann klingelte sein Handy.

Der perfekte Moment zu gehen, zu fliehen, meine Beine anzuflehen sich in den Wald zu begeben. Richtung Nirgendwo.

Und doch blieb ich stehen. Und lauschte.

„Was ist?"

Stille.

„Ich bin liegen geblieben, läuft aber alles wieder. Bin in fünfzehn Minuten bei dir, zieh dich ruhig schon um."

Stille.

„Natürlich freue ich mich, was meinst du damit?"

Stille.

„Bis gleich, ich fahr jetzt los."

Stille.

„Ich dich auch."

Stille. Dann hing er auf und drehte sich um, scheinbar überrascht mich noch immer neben seinem Wagen stehen zu sehen. Er sah müde aus.

„Danke nochmal für deine Hilfe. Ich muss jetzt wirklich los, kann ich dir Geld oder sowas geben?"

Ich schüttelte den Kopf. „Das ist nicht nötig. Ich brauch' kein Geld mehr." Das schien Valentin nur noch weiter zu verdutzen, also entschied er sich wohl einfach dafür, es dabei beruhen zu lassen.

„Na dann...alles Gute würde ich sagen. Und danke nochmal." Er gab mir die Hand, doch anstatt sie zu schütteln gab ich ihm die angebrochene Schachtel Zigaretten. „Hier. Die brauch' ich auch nicht mehr."

Bevor er etwas erwidern konnte riss ich mich los. Endlich hatte ich es geschafft. Endlich lag die Zivilisation hinter mir. Nun noch der Wald, die Zwischensphäre. Und dann, ja dann…

Ich hörte einen Motor aufheulen und brauchte mich nicht umzudrehen um zu sehen, wie der recht gleiche Mann in dem roten Auto davonfuhr. Wovor er zu fliehen versuchte, da wollte ich hin. Würde ich sein. Schon bald, ganz bald.

Meine Hand schloss sich um die einzelne, lose Zigarette die ich noch in meiner Jackentasche zurückbehalten hatte.

Mein Fuß verlor den Asphalt und fand den Waldboden.

Verlor die Welt und fand viel mehr.

Fünf

Es gab etwas, ein Detail welches, eine Genauigkeit welche ich bei der Planung dieser Odyssee ins Nirgendwo nicht bedacht hatte.

Durst. Ich hatte unsagbaren Durst. Nicht nach Wissen, oder Abenteuer, nicht nach Liebe oder Tod; nach Wasser und dergleichen sehnte ich mich sehnlichst.

Hatte ich es vergessen, oder gehofft über solch irdische Abhängigkeiten hinweg zu sein. Über dem Leben zu stehen, im Himmel aus Purpur, und Feuer und Nichts. Es nie mehr Regen regnen lassen, allem entsagen was nicht Ich war, oder Er gewesen ist.

Egal. Ich hatte Durst, und dabei blieb es nun. Immer.

Ich blickte mich im Wald um, sog das verblassende Grün der Bäume in mich auf um mich zu halten. Ich war traurig, und irgendwie auch nicht. Seit Stunden lief ich nun zwischen Birken und Buchen, und

Schnecken und Schleichen als wäre ich Teil von ihnen. Aber ich tat nur so, war nicht so, nur weniger. Ich war kein Teil von niemandem, von nichts außer mir selbst.

Ich wollte das. Hatte es gewollt. Würde es immer wollen. Und doch weinte ich, auf dem Weg ins Nirgendwo.

Ich fiel erschrocken zu Boden als ich den Schuss hörte, wie ein totes Tier. Vögel flogen aus den Blätterkronen, auf der Suche nach mehr Ruhe. Ich musste lächeln, wie ich so am Boden lag und meine Ohren fest verschlossen hielt. Noch war ich nicht am Ziel.

Es dauerte noch über eine Stunde bis ich die sterbende Hülle des Hirsches auf einer kleinen, von Bäumen umzingelten Lichtung fand; das Metall hinter dem allesdurchschreitenden Laut raffte ihn langsam dahin. Meine Augen wanderten über das matte Fell des Tiers, beobachteten wie es sich zur Melodie des immer irreguläreren Atems hob und senkte. Ich sah es an, blickte direkt durch seine braunen Augen hindurch, hinein in die Dunkelheit dahinter.

„Du stehst mir im Bild", knurrte eine sanfte Frauenstimme mich von hinten an. Ich zuckte zusammen und stolperte irritiert zur Seite. „Was...wer bist du?"

Die Frau war einst schön gewesen, ein Rätsel welches schon seit längerer Zeit hinter eingefallenen Wangen, einer faltigen Stirn und weißen Haaren verborgen zu sein schien. In der einen Hand hielt sie ein Stück dunkle Kreide, in der anderen einen aufgeschlagenen Zeichenblock. Sie hatte zwar mit mir geredet, ihre eisblauen Augen jedoch bewegten sich nicht weg vom röchelnden, blutenden Hirsch.

„Was geht dich das an?" bellte sie ohne damit aufzuhören ihre Hand schwungvoll über das Blatt zu bewegen.

Ich schwieg. Sie auch. Nur das laute Leiden des Lebewesens auf dem laubbedeckten Boden der Lichtung existierte noch im sonstigen Vakuum des Moments. Was es wohl spüren mochte? Wie viel Angst es wohl haben musste zu gehen, das zu verlassen was es nie verlassen müssen wollte.

Er hatte immer gesagt, der Tod sei sowieso nur Notwendigkeit. Eine Technik der Natur sich derer zu entledigen, die nichts mehr zu ihr beizutragen hatten. Er hatte aber auch immer geweint wenn jemand gestorben war, den Er gekannt hatte. Sie seien jetzt allein, hatte Er gesagt. Er hatte nie tot gesagt. Allein. Immer allein.

„Hast du ihn getötet?", fragte ich sie durch die schwere Luft hindurch.

Sie antwortete nicht, schien nicht einmal mitbekommen zu haben, dass ich sie etwas gefragt hatte. Fixiert, beinahe starrend. Und immerzu zeichnend. Strich um Strich.

„Wie heißt du?" Lauter, diesmal.

„Lisa." Strich um Strich.

„Hast du ihn getötet, Lisa?" Noch lauter.

„Nein, das war der Jäger. Ich muss die Tiere immer vor ihm verstecken damit er sie nicht findet bevor ich fertig bin." Mir war als würden auch die Striche lauter.

„Er leidet", beobachtete ich stumpf. Mir war plötzlich total nach Zigarette, aber ich zügelte mich.

„Er stirbt sowieso bald, der fühlt nichts mehr."

Ich zuckte mit den Schultern. „Machst du das oft?"

„Ja. Ich muss ja schließlich meine Rechnungen bezahlen. Verkauf die Bilder ja hinterher."

Strich um Strich.

„Und das ist für dich okay? Dem Tod bei der Arbeit zuzusehen?"

„Hast du ein Problem damit? Dann geh mir nicht weiter auf die Nerven."

Ja, hatte ich.

„Ganz und gar nicht. Ich wollte eh weiter. Kann ich noch warten bis du fertig bist?"

Ich wollte das Bild sehen. Wollte kosten ob das greifbar Morbide sich bis auf das Zeichenpapier gelegt hatte. Wollte sehen ob ich die gleiche Dunkelheit hinter den Augen des Hirsches wiedererkennen konnte.

Und ich wollte warten, um mein zögern zu zerschlagen. Einen Grund haben, es nicht zu wagen fortzugehen. Denn je näher ich der Leere kam, desto leerer wurde ich.

Er hatte immer gesagt, warten sei das Beste am Leben. Wie die Pause zwischen zwei Atemzügen, die melodische Stille zwischen zwei Herzschlägen. Warten verbinde Momente, hatte Er gesagt. Warten, der einzige rote Faden im Leben. Nur hatte Er irgendwann nicht mehr warten wollen.

„Ist gleich soweit. Kannst es auch kaufen, wenn du es dir leisten kannst", erlöste Lisa mich von meinen Gedanken, die ich nicht denken durfte.

Sie zuckte ein letztes Mal demonstrativ mit der Kreide über das Papier, dann lächelte sie zufrieden, zu sich selbst.

„Voila!" Sie kam näher und hielt mir die Zeichnung vors Gesicht.

Ich betrachtete sie, musterte sie, verstand sie; Strich um Strich.

Die Dunkelheit hinter den Augen des Hirsches griff nach mir. Fasste mich. Zog mich zu sich, Stück für Stück, bevor sie mich und meine Existenz mit Haut und Haaren verschlang.

Mit einem Mal glaubte ich nicht mehr ans Warten, glaubte nicht mehr an den Tod, glaubte Ihm nicht, dass es einfach sein würde.

Also riss ich mich los, rannte davon um die Dunkelheit hinter mir zu lassen. Denn wo Dunkelheit war hinter der Er nur zu warten schien auf mich, da war nicht Nichts.

Nicht das, wonach ich suchte.

„Dankeschön", murmelte ich nur, dann lief ich zügig an ihr vorbei und stieg über den mittlerweile toten Hirsch hinweg, das Nirgendwo bereits am Horizont erblickend.

Sechs

Ich lag schweigend am Boden, niedergekauert nur wenige Meter vor der Türschwelle ins Nichts.

Konnte es sehen, zwischen den Bäumen, hinter den Schatten der im Winde tanzenden Blätter. Ich konnte es riechen, als auffällige Abwesenheit von sommerlichem Duft. Schmeckte das Ende auf meiner Zunge.

Und doch rührte ich mich nicht. Denn Er stand vor mir, schweigend in die Leere blickend. Er sah noch immer so aus wie früher. Trug immer noch das gleiche Hemd, die gleiche Frisur. Das verdammt gleiche Parfüm welches den fehlenden Geruch besudelte. Er hatte dieses Parfüm geliebt.

Mir fiel erst jetzt auf, dass ich wohl den Atem angehalten hatte, dass mein Geist mich angehalten hatte, aufzuhören zu atmen.

So lang war ich Ihm ausgewichen. So lang war ich Ihm davongelaufen. Hatte Ihn ausgesperrt. Verrecken lassen in der Grube in mir drin.

Ihn vergessen.

Nirgendwer, vorm Nirgendwo, für irgendwas. Hinfort, dachte ich. Verpiss dich, dachte ich.

„Ich hasse dich", sagte ich.

Meine Worte hallten hohl zwischen Hier und Dort umher; verschwanden alsbald, so wie ich. Er nicht. Er blieb, und stand und starrte.

Ich erhob mich, verließ den Boden. Mein Kopf tat weh. Ich tat weh. Nicht mehr lange. Bald war ich bereit. Bereit anzukommen.

Ich stellte mich zu Ihm, Schulter an Schulter. So wie damals; so wie immer. Jetzt sah ich das Nirgendwo noch deutlicher, vom Anfang bis zum Ende. Sah die Leere, die Tiefe, die Schatten, das Nichts. Die Schönheit, die Liebe, das Leben, die Vollkommenheit. Und in Mitten all dessen ein Baum. Keine Blätter, keine Blüten, keine Rinde. Nur ein Baum. Ein Baum im Nirgendwo.

„Was sehe ich?" fragte ich.

„Ein Ziel", antwortete Er.

„Mein Ziel?"

„Bald, aber noch nicht."

„Wann?"

„Nach mir."

Er sah mich jetzt an; mit Augen wie die eines sterbenden Hirschs.

„Das hier war nie mein *Ziel*. Nein, eher war es andersherum."

„Andersherum?" Ich stutzte.

„Manchmal findet das Nirgendwo dich zuerst."

Ich schwieg. Er schwieg. Das hatte Er immer getan, wenn alles gesagt worden war. Mir war immer, als habe Er sie genossen, die Stille. Als habe Er sie gebraucht, wie die Luft zum atmen.

Eine Gestalt näherte sich von der anderen Seite des Nichts dem Nirgendwo. Stand uns gegenüber, unerkannt und farblos. Und doch wusste ich, dass die Gestalt mir direkt in die Augen sah; und doch wusste ich, dass auch ich direkt in leere Augen zurückblickte. Bekannte Augen.

Die Gestalt nickte mir zu, und betrat dann das Nirgendwo. Ich wollte es ihr gleichtun, wollte mitziehen, nicht zurückbleiben, außen vor. Aber Er legte eine Hand auf meine Schulter. „Lass ihn. Er braucht das jetzt. Will das so.“

Ich zögerte, nickte kurz darauf. Er hatte Recht. Ich war noch nicht an der Reihe. Im Nirgendwo war nur Platz für einen. Im Nirgendwo hatte man allein zu sein. Das hatte ich schon immer gewusst, seit Er es mir gezeigt hatte, vor all den Jahren. Seit Er es mir erklärt hatte, vor so langer Zeit.

Ich begann leise zu weinen, als ich den Strick sah. Als die Hand auf meiner Schulter verschwand und die Gestalt ihre Kapuze zurücknahm. Als Er dort stand, zwischen niemandem und nichts.

Ich blinzelte gegen die Tränen an, gegen die Bilder und Gefühle und die Wut; nichts tun zu können als zusehen. Nichts getan zu haben, als es geschehen zu lassen.

Er sah mich an, und ich durch Ihn hindurch.

„Bitte…“, stotterte ich.

Er lächelte. Wie Er es immer getan hatte.

Er zwinkerte. Wie Er es immer getan hatte.

Dann starb Er. Wie Er es immer getan hatte. Wie Er es immer tun würde. Allein und ohne mich. Egal was ich tat, um zu vergessen, Seine Haut würde immer aschfahl bleiben. Seine Augen immer von roten Adern durchzogen bleiben. Sein Genick immer gebrochen bleiben.

Sein Leben immer leblos gewesen sein.

Ein Opfer des Irgendwo, getrieben ins Nirgendwo.

Meine Brust explodierte, und ich war vergangen. Meine Tränen versiegten in mir. Ich versiegte in mir.

Der Baum blühte und Er verschwand. Jetzt war ich an der Reihe. Konnte es Ihm endlich zeigen. Konnte es allen zeigen.

Ich betrat mein Ziel, das Nichts, das Nirgendwo. Und als der Baum erneut begann zu sterben,

starb auch ich.

Sieben

Nichts ist mehr. Keine Blätter zu hören, keine Blumen zu riechen, keine Tiere zu sehen. Ja, ich bin mir nicht einmal sicher, ob ich noch bin. Oder schon lange war.

Ich sehe den Baum vor mir, wie seine Blüten eingehen und die Rinde von seiner Seele fault. Ihn sehe ich nicht mehr.

Ich glaube nicht, dass ich Ihn wiedersehen werde. Oder will. Überhaupt irgendwen.

Ich denke an Rocco, und ob seine Freundin mittlerweile mit ihm Schluss gemacht hat.

Ich denke an Fatma, und ob sie mittlerweile wen gefunden hat, der ihr helfen kann.

Ich denke an Valentin, und ob er entdecken konnte, wonach er in der Stadt sucht.

Ich denke an Lisa, und ob sie ihre Kunst mittlerweile für viel Geld verkaufen kann.

Ich denke an sie alle, und dann vergesse ich sie. Einen nach dem anderen. Gelöscht, zerstört, radiert, ausgesiebt. Dem Zahn der Zeit erlegen, von der Vergangenheit erstochen, hinterrücks. In einem alten Leben lebend, zurückgeblieben hinter Schleiern und Farben des Irgendwos.

Da war ich nicht, da will ich nicht. Da bin ich nicht. Ich bin woanders, wer anderes als noch davor. Kein bisschen mehr mein altes Spiegelbild, nicht irgendjemand der im Staub verblasst. Ich bin niemand. Leuchte, springe, glänze als Schatten im Licht. Das bin ich, das will ich. Was anderes nicht.

Und doch ist da noch immer die Zigarette in meiner Tasche. Schwer liegt sie da, zwischen Faden und Krümeln. Zieht die Gravitation zu sich, verschlingt das Nichts wie ein Schwarzes Loch.

Sie zieht auch mich. Nein. Ich nicht. Will nicht. Bitte nicht. Lass mich einfach zu Ende gehen. Ankommen. Endlich ankommen. Zusammen.

Ich brauch dich nicht. Ich kann dich nicht, gerade. Zu viel, zu sehr, zu stark. Nein. Zu sehr etwas, irgendetwas, und nicht nichts.

Nicht nichts.

Blätter im Wind.

Ich zittere, nehme die Zigarette, halte sie, fester und fester. Stopp, zerbrich sie nicht. Ich suche nach Feuer. Nichts.

Blumen wie Lavendel.

Ich suche, und suche, und suche. Da! Feuer! Bitte, geh nicht aus, bleib hier, bleib hell, warm. Geh nie wieder.

Bienen summen um mich rum.

Ich halt es bei mir, in mir drin, lass nicht los. Die Zigarette…sie brennt.

Spüre das Gras an meinen Füßen.

Ich werf sie an den Baum, an dem Er starb. Auf das Laub, auf dem Er lag. Es brennt, sofort. Immer höher züngeln die Flammen, immer heller und schneller.

Das Nirgendwo verschwindet, und irgendwo im Irgendwo stehe ich vor einem brennenden Baum, die Dunkelheit erhellend.

Und während das Leben aus dem lodernden Holz weicht, so lebe ich. Wieder.

Das hier ist nicht mein Nirgendwo. Wenn man danach suchen muss, findet man es nie. Dabei wollte ich es so sehr.

So sehr.

Aber es war Sein Nirgendwo. Seine Einsamkeit. Seine Leere, im leblosen Leben.

Jetzt nicht mehr. Ich weine wieder, aber anders. Besser. Ich fühle Seine Hand auf meiner Schulter.

Aber ich drehe mich nicht um.

Ich will es brennen sehen, das Nichts. Es verschwinden sehen, das Ziel in meinem Kopf. Der Ort ohne Gesellschaft, ohne Ort.

Das Feuer breitet sich aus, immer mehr Nirgendwo ins Irgendwo verbannend. Ich lege mich auf den Waldboden, schaue nach oben in das rauchbedeckte Firmament.

Ich warte auf das Feuer. Ob es kommt oder nicht ist mir egal. Ich will nicht mehr suchen, nichts erzwingen. Wenn man danach suchen muss, findet man es nie. Manchmal findet das Nirgendwo dich zuerst.

Ich brenne, stehe auf und geh. Bin nicht mehr Nichts, nie wieder. Irgendwer, für immer.

Zurück, ganz neu, von Vorne beginnend.

Den langen Weg, heraus aus diesem Nirgendwo und auf halbem Weg ins nächste.

Danke an Fabian, Julia, Fynn & Chris

Felix Froning wurde am 04. Dezember 2001 in der Nähe von Münster geboren und schreibt bereits sein Leben lang gerne Geschichten. Er studiert Englisch und Politikwissenschaften und arbeitet auch während seines Studiums daran, seinen unzähligen Gedanken Leben einzuhauchen.